Nous remercions le ministère du Patrimoine canadien,
la SODEC et le Conseil des Arts du Canada
de l'aide accordée à notre programme de publication

Patrimoine   Canadian
canadien   Heritage

Conseil des Arts   Canada Council
du Canada   for the Arts

ainsi que le gouvernement du Québec
– Programme de crédit d'impôt
pour l'édition de livres
– Gestion SODEC.

Nous reconnaissons l'aide financière
du gouvernement du Canada
par l'entremise du Programme d'aide au développement
de l'industrie de l'édition (PADIÉ) pour ce projet.

Illustré par:
Joël Perreault

Montage de la couverture:
Grafikar

Édition électronique:
Infographie DN

Membre de l'Association nationale des éditeurs de livres

ASSOCIATION
NATIONALE
DES ÉDITEURS
DE LIVRES

Dépôt légal: 3e trimestre 2010
Bibliothèque nationale du Canada
Bibliothèque nationale du Québec

1234567890 IM 9876543210

MA MÉMÉ PASSE L'HALLOWEEN

• Série Ma Mémé •

DE LA MÊME AUTEURE
AUX ÉDITIONS PIERRE TISSEYRE

Collection Sésame, série « Ma Mémé »
1. *Ma Mémé fait des miracles,* roman, 2008.
2. *Ma Mémé grimpe aux arbres,* roman, 2009.

DE LA MÊME AUTEURE
AUX ÉDITIONS DE LA PAIX

Le trésor de Cornaline, roman, 2004.
Disparition chez les lutins, roman, 2003.
        Sélection Communication-Jeunesse.
Un squelette mal dans sa peau, roman, 2002.
        Prix Alfred-DesRochers.

DE LA MÊME AUTEURE
AUX ÉDITIONS DU PHŒNIX

Une folle histoire de pieds, roman, 2007.

Catalogage avant publication
de Bibliothèque et Archives nationales du Québec
et Bibliothèque et Archives Canada

Mallet, C. Claire

        Ma Mémé passe l'Halloween

        (Sésame ; 121. Roman)
        Pour enfants de 6 ans et plus.

        ISBN 978-2-89633-157-4

        I. Perreault, Joël. II. Mallet, C. Claire. Ma Mémé. III.
        Titre. IV. Collection : Collection Sésame ; 121.

PS8576.A533M33 2010   JC843'.6   C2010-941186-2
PS9576.A533M33 2010

C. CLAIRE MALLET

MA MÉMÉ
passe l'Halloween

roman

ÉDITIONS
PIERRE TISSEYRE
www.tisseyre.ca

9300, boul. Henri-Bourassa Ouest, bureau 220
Saint-Laurent (Québec) H4S 1L5
Téléphone: 514-335-0777 – Télécopieur: 514-335-6723
Courriel: info@edtisseyre.ca

À Mamm'

1

DES PIRATES
AU COURS DE YOGA

Bonjour, je m'appelle Lili. Avant de te raconter cette nouvelle aventure, je veux te dire que ma maman travaille beaucoup, donc je suis très souvent avec ma grand-mère. Elle s'appelle Mémé et n'est pas une grand-mère ordinaire. Malgré son âge, elle enseigne le yoga, pratique des arts martiaux, adore se déguiser et cuisiner des plats étonnants qui goûtent toujours très bon. Et puis elle rit d'une façon unique au monde[1]. Ah oui, en plus, elle grimpe dans les arbres!

Maintenant, je te raconte notre dernier Halloween…

J'ai un meilleur ami. C'est un garçon, il s'appelle Joé. Tous les lundis soirs, on va ensemble au cours de yoga de ma Mémé. Normalement, pendant le cours, on devient très calmes. Tout le monde se concentre, on n'entend que les respirations et les « couic-couic » de nos mouvements sur les tapis en caoutchouc. Mais ce soir, Joé et moi, on est excités parce que samedi, c'est l'Halloween!

---

1. Si tu veux mieux connaître ma Mémé, tu peux lire *Ma Mémé fait des miracles* et *Ma Mémé grimpe aux arbres*.

On chuchote sans arrêt.

— Joé, tu as trouvé ton déguisement de pirate ?

— De pirate des mers ! corrige
mon ami, un doigt dans les airs.

— Tu auras un vrai cache-œil et
un chapeau avec une tête de mort
dessus ?

Joé sourit d'une oreille à l'autre,
fier comme un corsaire. Simon a
tout entendu et se retourne sur son
tapis.

— Tu vas marcher avec une
jambe de bois ? demande-t-il.

— Vous verrez bien, murmure
Joé en étirant son bras vers le
plafond.

Il se penche ensuite vers moi.

— Et toi, Lili, en quoi tu te
déguises, cette année ?

Ma Mémé nous jette un regard
appuyé. Joé baisse la tête, penaud.

Je replonge vite mon nez entre mes genoux.

Dès que ma Mémé se place pour présenter la prochaine posture, je mime le mot avec mes lèvres : *princesse.* Joé est estomaqué. Depuis la semaine dernière, je refuse de répondre à sa question. En fait, j'avais peur qu'il se moque de moi. Pourtant, mon ami a juste l'air très surpris. Il articule, les yeux exorbités : *En princesse ?* Et comme ma Mémé fait semblant de ne pas nous voir, il ajoute à voix basse :

— Tu dis toujours que tu détestes les princesses !

Oh là là, ça devient dangereux… Je roule sur le côté et je me concentre de toutes mes forces. J'oublie l'Halloween du mieux que je peux. Joé doit se demander ce qui se passe. Tant pis. C'est mon secret.

Depuis qu'il est l'amoureux de ma grand-mère, monsieur Robillard, notre voisin, vient au cours de yoga pour enfants avec nous. Au début, il était tellement raide, qu'il se tortillait pour atteindre son pied avec sa main. Impossible pour lui de garder les jambes tendues. Il soufflait beaucoup et c'était rigolo de le voir imiter les postures de ma grand-mère. Joé riait, Simon aussi. Julie et moi, on ne voulait pas le vexer. Mais c'est vrai qu'il était comique. Maintenant ça va mieux. Tout doucement, leçon après leçon, il s'assouplit. Et je vois bien, chaque fois, que ma Mémé est contente!

À la fin du cours, Joé plie son tapis de sol, et je lui annonce:

— Ma Mémé refuse de montrer son costume ou même simplement

de me laisser deviner son per-
sonnage.

Il sourit et tire monsieur Robi
par la manche.

— En quoi elle va se déguiser,
la Mémé de Lili ?

— Aucune idée, mon garçon, elle n'en parle à personne.

— Même pas à vous?

— Surtout pas à moi! Elle nous prépare sans doute une surprise!

En attendant que ma Mémé et monsieur Robi rangent la salle, on se retrouve dans le hall d'entrée du centre communautaire, entourés de Simon, Julie, Mathieu et Joanie.

— Pour de vrai, Joé, tu te déguises en pirate? s'écrie Julie.

— Vrai de vrai, confirme Joé en relevant le menton. En pirate des mers. Et toi?

— Tu ne devineras jamais, répond Julie en plissant ses jolis yeux verts. Je me déguise en pieuvre!

— Waou, c'est géant! Tu auras plein de pattes partout?

— Joé, intervient le grand Simon, les pieuvres ont des tentacules, pas des pattes.

— Ah oui. Et toi, Joanie ? demande Joé en se tournant vers la petite blondinette.

— Moi, je me déguise en fée.

— Chaque année, tu te déguises en fée, Joanie, rouspète Simon. Tu ne peux pas innover un peu ?

— Si tu remarques bien, réplique notre amie d'une voix douce, c'est une fée différente chaque fois. L'an dernier, j'étais la fée des rivières. Cette année, je serai la fée des forêts. Et toi, Simon ?

— Euh…, hésite le grand Simon en se balançant d'une jambe sur l'autre.

— Tu n'as pas encore choisi ? s'inquiète Mathieu en arrondissant ses yeux noirs. Moi, je le sais depuis la rentrée. Je serai un chef cuisinier !

On éclate tous de rire. Cette nouvelle ne nous surprend pas : Mathieu est un incroyable gourmand, encore plus, peut-être, que mon ami Joé.

2

DES CAUCHEMARS
PLEINS DE GRIFFES

Mardi, après l'école, je raccompagne Joé chez lui. Tout le long du chemin, je marche sans rien dire et Joé s'interroge. Je suis plutôt bavarde, d'habitude.

— Qu'est-ce qui se passe, Lili ?

— Bofff… Rien du tout.

Mon copain lève les yeux au ciel et éclate de rire.

— Je te connais, Lili. Quand tu ne dis pas un mot, c'est que quelque chose te tracasse. Alors, c'est quoi?

— Ben… les cauchemars… Ils sont revenus.

— Les cauchemars? Comme quand ton père est parti?

— Oui. Les mêmes, mais avec plein de griffes partout.

— Raconte, demande mon ami en poussant les feuilles mortes sur le trottoir avec son pied.

— Ffff… Je ne peux pas te raconter, je ne me souviens plus très bien. Je sais juste qu'ils sont là, tapis dans le noir, quelque part dans ma chambre. Et le soir, maintenant, j'ai peur d'aller dormir.

— Et ils ont des griffes?

— Oui, pour m'attraper.

— Tu en as parlé à ta Mémé ?

Je baisse la tête et je chasse les feuilles du bout de ma botte.

— Non…

— Pourquoi ?

— Parce que je ne veux pas lui montrer la lettre.

— La lettre ? Quelle lettre ?

Je me tais. Une fois arrivés dans son jardin, on s'assoit tous les deux dans un tas de feuilles orangées que le papa de Joé a laissé en bordure de l'allée. Ça craque sous nos fesses et ça fait rire mon ami.

— Tu sais que je reçois une lettre de mon père chaque mois.

Joé hoche la tête et me regarde calmement.

— Sauf que ce mois-ci, sa lettre, elle est horrible.

— Pas possible… Comment ça ?

— Il dit que sa nouvelle femme attend un bébé.

— Waou! s'écrie mon copain, tout excité, mais c'est géant!

C'est vrai que Joé adore les bébés. J'aurais dû me douter qu'il ne trouverait pas ça horrible du tout, lui. Je décide de lui mettre les points sur les i.

— Joé, ce bébé, c'est une FILLE.

— Et alors, Lili? C'est encore mieux! Une petite sœur! Tu dis tout le temps que ce n'est pas drôle d'être fille unique. Tu vois, ton vœu se réalise. Tu en fais, une tête!

— Tu ne comprends rien!

— Lili! Où tu vas? Reviens!

Je pars en courant, et je retiens mes larmes. Une grosse boule dure cogne dans ma gorge, mais je refuse de la laisser passer.

À peine entrée dans la maison, je lance mon sac d'école par terre et mon manteau et mes souliers.

Je monte les marches à toute vitesse et je me jette sur mon lit. J'ai claqué la porte, tant pis. De toute façon, ma Mémé n'est même pas là. Ces temps-ci, elle est souvent chez son amoureux. Enfin, quand je rentre de l'école, elle vient toujours m'accueillir. Aujourd'hui, non. Je m'en fiche pas mal. Ma mère est au travail. Et moi, je suis furieuse contre mon père. J'essaie de ne pas penser à lui, sinon je vais encore faire des cauchemars.

Au bout d'un moment, j'entends des pas dans l'escalier. Je ne veux pas parler à ma Mémé. Mais c'est Joé qui saute sur mon lit.

— Lili, écoute, tu sais comme ta Mémé est supersonique. Je suis sûr qu'elle va trouver une solution pour tes cauchemars. Parle-lui!

— Non! Je ne veux pas que ça fasse de la peine à Maman.

Joé me regarde sans comprendre.

— Maman voulait un autre bébé avec Papa. Il refusait toujours. Ils se disputaient souvent à cause de ça. Et maintenant, il en fabrique un avec sa nouvelle femme, et en plus, c'est une fille.

— Lili, c'est toi qui décides, d'accord? murmure Joé en posant sa main sur mon bras. Moi, je t'ai donné mon avis. On peut jouer à quelque chose si tu en as envie.

— Mmm.

— Pourquoi veux-tu te déguiser en princesse?

— Parce que je le veux, un point c'est tout.

Joé se tait et se lève. Sur le seuil de ma chambre, il fait une révérence.

— Adieu, Princesse Lili. Quand vous serez disposée, faites appel à votre ami, le Pirate des Mers. Mon navire voguera vers vous en un clin d'œil.

Je souris et Joé dévale les marches. J'entends la porte d'entrée qui se ferme derrière lui.

3

LA RONDE
DES PEURS

Ce matin, je me réveille en criant. Ma Mémé se précipite et me prend dans ses bras. Elle me berce en me chantant la berceuse bretonne de mon enfance.

— Tout va bien, ma Lili. C'est fini, ce n'était qu'un mauvais rêve. Là, tout va bien, mon lapoussic[2].

— Mémé…

J'enfouis mon nez dans ses cheveux blancs qui sentent bon la lavande et j'oublie.

— Encore un cauchemar ? Veux-tu me le raconter ?

Je secoue la tête de toutes mes forces. Non, non, non. Ma Mémé n'insiste pas. Elle me serre sur son cœur et attend que je sois prête. Enfin, je sors mon visage de sous ses boucles de neige et je regarde par la fenêtre. Le soleil se lève au loin. Il va faire beau aujourd'hui.

— Viens, ma Lili, je vais te préparer un bon bol de chocolat chaud.

---

2. Lapoussic est un mot breton, la langue natale de ma Mémé. Il signifie : « petit oiseau ».

Ma Mémé descend et je ne tarde pas à la rejoindre. À la table du petit-déjeuner, elle se penche vers moi et me demande :

— Alors, mon lapoussic, de quoi as-tu si peur ?

Sa question soulève un grand vent glacial en moi. Toutes les feuilles mortes sont emportées dans un furieux ballet rouge et or. Je ne peux pas répondre. Encore cette boule dans la gorge qui m'étouffe. Je baisse le nez et je tripote les petites guimauves dans mon bol. Je les plonge dans le chocolat, je veux les couler, mais elles remontent toujours. J'aimerais qu'elles restent au fond, comme mon cœur. Mais elles flottent, elles flottent. En ce moment, si j'étais une guimauve, je suis sûre que je coulerais à pic.

— Qu'est-ce que tu dirais d'inviter tes amis, demain après l'école ? Je connais un jeu pour préparer l'Halloween.

Je ne sais pas comment je vais faire pour avoir envie de jouer à son jeu, mais je réussis à répondre, d'une voix de fourmi :

— D'accord.

Elle me regarde de ses yeux bleus qui scintillent. Et son visage est comme une étoile, comme une bougie qui te réchauffe et qui te remplit de lumière. Ça, c'est ma Mémé.

Mercredi après-midi, nous voici rassemblés sur le tapis du salon chez nous. Joé, Julie, Mathieu, Simon, Joanie et moi. Joé nous a fait rire tout le long du trajet en rentrant de l'école.

Ma Mémé a préparé un plateau de biscuits qu'elle pose au centre de notre cercle. Ce sont des biscuits bien spéciaux. Quand elle les prépare, ma super grand-mère y rajoute un ingrédient invisible: la joie. Elle m'a montré comment faire, et depuis, ce sont mes biscuits préférés.

Mine de rien, Joé me pince le bras doucement. D'un coup de menton discret, il désigne ma Mémé qui est en train d'expliquer quelque chose. Je n'ai rien écouté. Elle dit, en regardant chacun de nous, tour à tour:

— L'Halloween est une fête merveilleuse! On se déguise en sorcière, en fantôme, en monstre, en personnages effrayants! L'Halloween nous permet d'apprivoiser nos peurs, de les sortir de nous et de les regarder. Quand on fait ça, elles rapetissent. Pour nous entraîner, je vous propose un petit jeu.

On est tous impressionnés, bouche bée. Quel est ce jeu mystérieux?

— La ronde des peurs! lance ma grand-mère d'un air enjoué.

— La ronde des peurs? demande Joanie, inquiète.

— Rassure-toi, ce n'est qu'un jeu, répond ma Mémé avec son sourire irrésistible. Joé, veux-tu distribuer les feuilles et les stylos?

Joé ne se fait pas prier, il aime être en action. Et en plus, il adore rendre service. Une fois sa distribution terminée, il se rassoit près de moi.

— Pour commencer, nous allons écrire toutes nos peurs. Ce sera notre façon de les voir.

— Et si on n'en a pas ? clame le grand Simon.

— Simon, réplique calmement ma Mémé, je n'ai pas encore rencontré un seul être humain qui n'ait pas, quelque part, une petite peur cachée. Tant qu'elles restent cachées, elles peuvent nous surprendre et nous effrayer. Mais si on les regarde bien en face, avec courage, ce qui arrive alors, c'est magique. Essaie. Tu verras.

Un grand silence suit les mots de ma grand-mère. Nous nous penchons sur nos papiers. Joé, concentré, écrit tout de suite en tirant un bout de langue rose. Il est rigolo quand il fait ça. Joanie tourne son stylo autour d'une boucle de ses cheveux blonds, les yeux au plafond. Mathieu gribouille furieusement sur sa feuille. Même ma Mémé écrit !

Je me dépêche de réfléchir à mes peurs. J'écris :

– Peur que mon père m'oublie, maintenant qu'il va avoir une autre fille.

– Peur de disparaître et de perdre ma place dans son cœur.

– Très peur des cauchemars.

– Peur que ma Mémé s'en aille vivre chez son amoureux, Monsieur Robi.

– Peur que ma Maman aussi me laisse.

– Peur que Joé ne soit plus mon ami.

– Peur d'être perdue toute seule dans la nuit noire.

Je suis tellement étonnée d'avoir tant de peurs, que je relève le nez de ma feuille. Mes amis me regardent. Ils ont tous terminé. Ma Mémé me fixe d'un petit air bizarre que je ne lui connais pas. Elle repousse une mèche de cheveux et nous annonce :

— Maintenant, on va choisir dans la liste la peur la plus grosse, la plus épouvantable pour nous. Et on la souligne en rouge.

Tout le monde replonge dans son papier. Joé n'hésite même pas une seconde. Il souligne si fort qu'il manque de trouer sa feuille. Simon réfléchit, sourcils froncés. Joanie se dandine d'une fesse sur l'autre, indécise. Quant à Mathieu et à Julie, ils ont déjà fini. Je relis ce que j'ai écrit et je souligne moi aussi ma plus grande peur.

Une fois l'exercice terminé, on se tourne vers ma Mémé. Ses joues sont roses et ses yeux bleus sont pleins de joie.

— Ah, vous êtes forts! Vous avez osé regarder vos peurs en face, je vous félicite. À présent, suivez-moi, nous allons entrer dans la ronde des peurs.

— Euh…, murmure le grand Simon en secouant la tête.

— D'accord, c'est géant! hurle Joé en se ruant vers la porte.

Je secoue la tête et Julie éclate de rire. Mathieu aussi et finalement c'est une bande hilare qui sort dans le jardin. (Hilare, c'est un mot que ma Mémé m'a appris. Ça veut dire «qui rit beaucoup».) Dehors, il fait gris et un peu frais, la lumière du jour nous éclaire encore. Soudain, je m'arrête net. Monsieur Robillard jette du bois dans un feu qui crépite et qui monte jusqu'au ciel, au milieu du cercle de pierres qu'on avait construit cet été.

— Salut, Monsieur Robi! s'exclame Joé, tout heureux de le voir là.

— Bonjour, mon garçon, répond monsieur Robillard avec son bon sourire dans sa barbe. Bonjour, Lili!

— Bonjour, Monsieur, entonnent les autres.

— Venez vous réchauffer autour du feu, les jeunes, il est là pour ça!

Mathieu, Joanie et Julie se précipitent et Joé saute de joie. Simon et moi avançons tranquillement. Ma Mémé prend place dans le cercle.

— Maintenant, déclare-t-elle, voici venue l'heure de la ronde des peurs. Chacun de nous va soutenir celui ou celle qui va entrer dans la ronde pour rencontrer sa plus grande peur…

Ma Mémé marque une pause. Le silence descend sur nous. Seul le feu chante et semble s'amuser de nos têtes inquiètes. Ma grand-mère continue:

— À tour de rôle, nous allons prononcer à voix haute notre plus grande peur et la lancer dans le feu. La feuille brûlera et la liste de nos peurs se transformera en lumière. Qu'en pensez-vous? demande ma Mémé avec sa fossette dans sa joue.

— Waou! s'écrie Joé, époustouflé. Je veux bien commencer, si tu veux, Mémé.

— Pourquoi pas! Vas-y, Joé, répond ma grand-mère avec son rire qui carillonne.

Joé prend son air ultra sérieux, il s'approche du feu et se met à clamer comme un chevalier qui part à la guerre:

— Moi! Joé! Je brûle ma peur des MONSTRES!

Mathieu pouffe de rire, mais il fige sous le regard furieux de Joanie. Joé fait une boulette avec son papier et la jette dans les flammes. Son visage est en colère et ses poings sont serrés. Il regarde ses peurs brûler et se transformer en lumière. Quand la feuille s'embrase, ma Mémé et monsieur Robillard se mettent à crier des «Hourra!» et des «Bravo, Joé!». Mon ami rayonne comme un soleil. Nous reprenons tous ensemble les hourras pour l'encourager et il revient dans le cercle, fier comme un vrai pirate des mers.

Julie, sa plus grande peur, c'était de se tromper à son examen de mathématiques. Ma Mémé est allée la trouver et elles ont regardé sa liste ensemble. Julie a bien vu que sa plus grosse peur était cachée tout en bas de sa liste. Elle s'est approchée du feu, y a envoyé son papier en disant doucement:

— J'ai peur que mon Papi meure avec son cancer.

Alors ma Mémé s'est agenouil-
lée devant elle, les bras ouverts, et
Julie est venue se faire câliner.

— Tu sais, Julie, on va tous
mourir un jour, a murmuré ma
grand-mère chérie. Savoure avec
toute ta joie chaque instant que tu
passes près de ton Papi, d'accord ?

Julie a hoché la tête et on s'est
tous mis à crier :

— Hourra ! Julie, ta plus grande
peur s'est transformée en lumière !

Simon avait très, très peur de
ne pas réussir sa saison de hockey.
Après avoir parlé un peu avec ma
Mémé et Monsieur Robi, il a com-
pris qu'il avait peur que son papa
ne l'aime plus s'il ne gagnait pas
tous les matchs. Pauvre Simon, ça
devait peser une tonne sur son
cœur. Il a dit :

— C'est parce que mon papa a
toujours été le plus fort au hockey.

Et Monsieur Robi lui a posé une question :

— Imagine que tu as un bébé chien, à qui tu apprends à rapporter la balle que tu lances. Si, malgré ses efforts, il la laisse souvent tomber, cesseras-tu d'aimer ton petit chiot ?

— Oh non! s'est indigné Simon.

Monsieur Robi a levé sa main ouverte devant Simon et notre ami a tapé dans sa main avec la sienne.

— Bravo, Simon! avons-nous crié d'une seule voix. Hourra, Simon!

Joanie avait peur que ses dents de devant ne repoussent plus jamais. Pourtant, elle en avait déjà perdu d'autres. Mais elle était vraiment anxieuse. Hop, elle a jeté son angoisse dans le foyer et un beau sourire est venu éclairer son visage. Même sans ses dents de devant, le sourire de Joanie est le plus beau du monde!

Mathieu, lui, craignait que sa maman l'oublie à l'école. Qu'elle ne revienne jamais le chercher. Il est vrai que c'est arrivé plusieurs fois l'an dernier. Mathieu était tout seul avec notre enseignante après la classe parce que sa maman l'avait oublié.

Ainsi, nous passons les uns après les autres, et quand il ne reste plus que moi, je réalise que je tremble de prononcer ma plus grande peur. Je m'avance lentement vers le feu et je demeure muette. La boule dans ma gorge grossit, grossit et je sens que je vais m'étouffer, que je vais m'évanouir, que je vais tomber dans le feu et me transformer en lumière, moi aussi. Comme ça, je n'aurai pas besoin de la dire…

Mais ce pirate de Joé en a décidé autrement.

— Allez, Lili! hurle-t-il de toutes ses forces.

Et mes amis se mettent à scander:

— Allez, Lili! Allez, Lili! Allez!

Je vacille sur mes pieds. Ma Mémé m'encourage par son regard bleu. J'y vais! Je me jette à l'eau, tant pis si je coule. Je prends une grande respiration et je crie bien fort:

— Moi! Lili! J'ai peur que mon papa me remplace par sa nouvelle fille.

Ma voix meurt dans un souffle de panique et je lâche vite ma feuille au-dessus des flammes. Je la vois se tordre et se désagréger, puis je sens la main de Joé qui se glisse dans la mienne.

— C'est pour ça que tu veux te
déguiser en princesse, Lili? Pour
être sûre qu'il t'aime encore?

Mes yeux se remplissent de
larmes.

— C'est pour qu'il me voie, Jo.
Pour qu'il me voie, même de loin.

Si je suis une princesse, il me verra, pas vrai, Joé?

Mon meilleur ami me prend dans ses bras et me ramène lentement dans le cercle, pendant que les copains crient les hourras. Je les entends à peine. Mes joues ruissellent de larmes que je n'arrive pas à arrêter. Toute ma peur coule et s'en va, toute ma peine se déverse et lave mon cœur. Je me sens tellement soulagée.

— Je ne savais pas que tu avais une aussi grosse peur, mon lapoussic adoré, murmure ma Mémé dans mon oreille en me tendant son mouchoir brodé.

4

DES PEURS
DANS LES CITROUILLES

Après la ronde des peurs, monsieur Robillard nous entraîne devant la table à pique-nique recouverte d'une nappe verte toute bosselée. Soudain, il ôte la nappe d'un mouvement sec et s'écrie :

— Tadaaam !

Oh! En dessous, il y a des citrouilles pour nous tous, et des instruments pour les décorer.

— Fa-bu-leux! chantonnent en même temps Mathieu et Joé.

Nous enjambons joyeusement les bancs. Assis les uns en face des autres, nous écoutons les instructions de ma Mémé.

— Et si vous creusiez votre plus grande peur dans cette citrouille, maintenant que vous l'avez apprivoisée? De cette façon, quand nous poserons la bougie dedans, ce sera comme si vous éclairiez vos peurs de l'intérieur! Qu'en dites-vous?

Je réagis aussitôt :

— Je sais déjà quelle tête va avoir la mienne!

— Moi aussi, lance Julie, tout excitée.

Simon secoue la tête, perplexe. Comment va-t-il décorer sa

citrouille? Mystère. Mais je n'ai pas le temps d'y penser, déjà je m'acharne à détacher le haut de la mienne pour pouvoir la vider.

— Gardez-moi les graines, demande ma Mémé. Je les ferai griller plus tard. Tenez, vous pouvez les déposer dans ce récipient-là.

Nous travaillons fort sur nos citrouilles. Joé y met toute la passion qu'on lui connaît. Je suis si concentrée, cette fois, que je ne m'occupe plus des autres. Je creuse, je dessine les formes et parfois, Monsieur Robi vient nous aider. Surtout Joanie. Peut-être parce qu'elle n'a pas de grand-père et que monsieur Robillard ferait un grand-père drôlement sympathique.

Joé a fabriqué un monstre affreux et il est très fier de lui. Moi, j'ai fait un enfant qui tire la langue et qui a l'air furieux. Joanie a créé une citrouille triste qui a une grande bouche par en bas et même pas de dents. Julie a creusé une sorte de dragon «pour faire peur à la mort». Mathieu et Simon, leur citrouille ressemble à… euh… comment dire… En fait, ça ne ressemble à rien de connu! Mais bon, ce qui compte, c'est qu'ils soient contents.

Pendant que les autres installaient des bougies dans leur citrouille, Joé s'est éloigné un peu du groupe en tenant la sienne dans ses bras. Je me suis approchée de lui, ma citrouille contre moi et j'ai attendu. Et là, j'ai vu Joé bercer sa citrouille-monstre avec tellement de tendresse, que ça m'a fait monter les larmes aux yeux. Il lui chuchotait plein de mots doux. Ça m'a inspirée. J'ai fermé les yeux,

j'ai serré ma citrouille sur mon cœur, et je lui ai chanté la berceuse de mon enfance, en inventant de nouvelles paroles. Juste pour elle.

— Ne t'en fais pas, ma petite peur, je suis là. Je suis là pour toi-a-a. Je prends soin de toi, tu es en sécurité-é-é. Ton papa t'aime, ta maman t'aime et ta Mémé-é-é. Et tu sais quoi ? Quand je me penche sur toi, je vois de la lumière, je vois un cadeau-o-o. Le cadeau, c'est que je vais avoir une petite sœur, la plus jolie, la plus genti-i-ille. Tu vois, c'est beau la vie, et toi maintenant, tu peux dormir tranqui-i-ille.

5

BONBONS, LANTERNES
ET CRIS DE MORT !

C'est le grand jour ! Joé est super beau en pirate des mers. Il porte un bandeau noir sur l'œil et un chapeau de pirate. Son papa lui a même fabriqué une jambe de bois. Waou ! On dirait une vraie ! C'est un morceau de carton peint autour de sa jambe. Il a tout l'habit qui va avec, même le crochet et des dents noircies qui lui donnent un air terrible. Je suis très impressionnée quand je le vois entrer dans le salon.

Lui, il reste planté devant moi, les bras ballants, bouche bée, son œil unique grand ouvert.

— Qu'est-ce que tu as, Jo?

— … C'est que… tu… es…, bégaie mon ami, suffoqué.

— Quoi?

— Tu es tellement belle, Lili, en princesse!

J'éclate de rire. Joé reprend ses esprits et me tend la main.

— Venez sur mon bateau, Princesse Lili! Je vous emmène au bout du monde et je serai votre protecteur pendant cette terrible nuit d'Halloween. Vous savez que de nombreux dangers menacent la région!

— Oh, vraiment? dis-je, en mimant une princesse effrayée.

— Ab-so-lu-ment! Croyez-en mon expérience, Princesse Lili. Des monstres jailliront de la terre, des fantômes, des sorcières, sans parler des dragons et des vampires qui pourraient, à tout instant, vous emporter au fond de leur caverne.

— Oh là là!

Et je gémis en cachant mes yeux derrière ma main. Joé est enchanté. Mais soudain, il sursaute si fort que je me retourne aussitôt. Je pousse un cri strident et je me colle contre lui. Devant nous, une affreuse sorcière édentée nous regarde derrière son nez crochu, avec ses yeux cachés sous ses énormes sourcils touffus. Ses cheveux en bataille sortent n'importe comment de son chapeau noir, croche lui aussi. Elle est bossue, elle ricane et se rapproche. Une odeur d'œuf pourri envahit la maison. Pouah! Cette sorcière pue!

Joé et moi reculons lentement vers la porte d'entrée. Je me bouche le nez. Joé me protège d'un bras et de l'autre, il brandit son crochet vers la sorcière.

— Arrière! Vilaine sorcière! Vous ne pouvez effrayer le Pirate des Mers! Retournez d'où vous venez, car ce soir, je protégerai la Princesse Lili de vos mauvais sorts!

— Hé! Hé! Hé! ricane la sorcière en faisant trembler son long nez plein de pustules. Si tu penses que je vais reculer devant toi, moucheron! Cette princesse m'appartient! Cette nuit, j'en ferai un bouillon avec des lardons de canari, de la morve de souris, des crottes de chauve-souris et des fesses de carpe...

— Ha! Ha! s'esclaffe Joé, vous reviendrez quand vous aurez trouvé une carpe avec des fesses, folle sorcière! Et maintenant, laissez-nous tranquilles! hurle le pirate en secouant son crochet et en me serrant à m'étouffer. Vous ne cuirez personne ce soir. Si vous avez faim, coupez votre nez et faites-le mijoter!

Sur ce, Joé fait volte-face et se précipite avec moi vers la porte, qui s'ouvre à l'instant même. Entre un vieillard boiteux. Il présente son chapeau pour recevoir une aumône.

— S'il vous plaît, mes bons enfants, un peu de pain pour un pauvre mendiant très faible. J'ai si faim.

— Ne restez pas là! crie Joé.

Mon ami passe avec moi derrière le mendiant et le pousse vers la sorcière. Nous sommes à présent en sécurité contre la porte, prêts à partir si les choses tournent mal.

— Madame la Sorcière, supplie le vieil homme d'une voix chevrotante, vous m'avez l'air bien en colère. Ce n'est pas bon, la colère, pour la santé d'une sorcière. Et puis vous ne feriez pas une bonne soupe avec moi, je suis trop vieux. Pourquoi ne partageriez-vous pas, plutôt, quelques bonbons avec moi? C'est l'Halloween, non? Et j'aime bien les bonbons…

Joé et moi, on reste muets. Il demande des bonbons à une sorcière? D'ailleurs, à ce moment, la sorcière se met à rire, et au milieu de son rire horrible qui grince comme une vieille porte, on entend les carillons du rire de ma Mémé.

— Mémé! Tu nous as fait peur!

Joé, époustouflé par les talents d'actrice de ma super grand-mère, soulève son chapeau de pirate et lui fait une révérence.

— Allez, en route, Monsieur le Pirate des Mers! lance ma Mémé-sorcière en rajustant sa cape noire. Je sais qu'avec vous, Princesse Lili sera en sécurité. Venez, Monsieur le Mendiant, si vous aimez les bonbons, vous allez être servi!

Nous avons rendez-vous avec nos amis près du petit pont qui

mène au centre du village. La sorcière fend la nuit avec son panier et sa lanterne allumée. Elle nous conduit d'un pas sûr, malgré son dos voûté. Le mendiant la suit de près et garde toujours un œil sur Joé et moi.

Enfin, nous y voilà. Je reconnais Mathieu avec sa toque de cuisinier sur la tête, son tablier blanc et son bedon rond. J'entends Joé qui glousse. Et voici Joanie, la jolie fée des forêts avec ses branches dans les cheveux, ses ailes en forme de feuilles d'automne et sa jolie robe couleur de mousse. Julie apparaît alors, empêtrée dans son déguisement de pieuvre. La pauvre marche sur ses tentacules et secoue la tête sans arrêt pour tenter d'y voir quelque chose. Le grand Simon est déguisé en hockeyeur et il aide Julie à soulever ses tentacules

comme un garçon d'honneur avec une traîne de mariée.

Joé obtient un succès fou avec son crochet, sa jambe de bois, son cache-œil et son chapeau. Il parade devant tous et présente sa pro-tégée : nulle autre que moi, la princesse Lili. Aussitôt, le cuisinier décide qu'il veut me faire goûter à ses meilleurs plats, et Simon annonce qu'il jouera pour moi la plus belle partie de toute sa vie. Je rougis et je suis prise d'un fou rire qui fait danser mes jupons. Enfin, c'est le silence. Grand silence : ils ont vu la sorcière. Oh… Là, plus personne ne bouge. Ils ont l'air terrifiés.

— Ne faites pas cette tête-là, jeunes gens ! ricane ma Mémé-sorcière en faisant grincer sa voix. Tenez, j'ai là quelques lanternes qui vous seront utiles lors de notre marche nocturne.

Joé tend son crochet pour recevoir la sienne et comme il ne lui arrive rien de néfaste, ni à moi, les autres ont l'air soulagés et s'approchent à leur tour. Ma Mémé-sorcière leur distribue à chacun une petite lanterne qui contient une ampoule à batterie, allumée par le mendiant, et nous nous mettons en chemin.

La traversée du pont devient une épopée, quand on s'aperçoit que les longs tentacules de la pieuvre trempent dans l'eau! Ils deviennent encore plus lourds une fois mouillés, et Julie peut à peine avancer. Joé et Mathieu s'esclaffent. Ça me dérange.

— Monsieur le Pirate des Mers, vous moquer d'une pieuvre en difficulté ne vous fait pas honneur.

Joé devient écarlate (ça veut dire « rouge comme une betterave crue », c'est ma Mémé qui me l'a appris) et il fonce au secours de Julie. Mathieu aussi et finalement, chacun de nous empoigne un tentacule, même Monsieur Robi, enfin, notre mendiant. Avec notre aide, Julie marche elle aussi avec le sourire et d'un pied léger !

6

SORCIÈRE
CONTRE SORCIÈRE

En route, la sorcière nous rappelle que nos lanternes illuminent la nuit comme la petite flamme, en nous, éclaire nos peurs et nous rend plus forts.

En arrivant au village, nous croisons plusieurs autres enfants accompagnés de leurs parents. Ces derniers ne sont pas tous déguisés. Le père de Julie et la mère de Joanie sont là, avec leurs frères et sœurs plus jeunes. Mais nous continuons notre route. À chaque maison où nous sonnons, nous recevons des bonbons, des friandises multicolores. Alors ma Mémé-sorcière présente son panier à la dame ou au monsieur de la maison en déclarant de sa voix stridente :

— Prenez garde à vous, braves gens. L'automne a bien des tours dans son sac pour nous pousser à moucher et à garder le lit. Voici un petit onguent de mon cru, qui saura vous préserver de la grippe et des peurs qui vous agitent !

Les gens sont si étonnés, qu'ils prennent le petit pot avec un air bizarre. On dirait qu'ils sont contents de recevoir un cadeau, et qu'en même temps, ils se demandent si c'est du bon ou du poison! Hi hi! Moi, je sais que ma Mémé prépare des onguents pour l'automne avec ses huiles et ses plantes, et que ça nous protège des grippes. Je fais un clin d'œil à Joé. Lui, comme il n'a qu'un œil et que c'est celui sous le bandeau qui cligne, c'est plus dur à voir.

En passant devant chez Joanie, Simon frappe à la porte. Et là, on entend une voix qui ordonne:

— Chantez-moi une chanson. Si vous la chantez suffisamment faux, vous aurez des bonbons aux fruits.

— Ah oui! crie le mendiant, des bonbons aux fruits!

Et il se met à chanter «Au clair de la lune» en faussant si affreusement qu'on s'enfuit tous en hurlant. On s'arrête un peu plus loin pour l'attendre et on rit tellement qu'on en a mal au ventre. Enfin, il nous rejoint, boitillant sur sa jambe raide, et il nous montre sa récolte : tout un paquet de bonbons aux fruits ! Mathieu est ravi.

Une voix dans une autre maison nous propose de pousser notre plus épouvantable cri de mort, si on veut recevoir des sucreries. Joé et Simon ne se font pas prier. Le mendiant non plus. Julie nous surprend tous avec sa voix sonore. Mais Joanie et moi émettons un maigre petit cri de chat qui se fait marcher sur la queue. Ma Mémé lance alors un hurlement à vous glacer le sang. Je n'aurais jamais cru qu'un tel son puisse sortir de sa gorge ! Du coup, on a reçu des tonnes de bonbons.

— Ce sont les plus atroces cris de mort que j'ai entendus de toute ma vie ! a bafouillé le propriétaire.

En passant devant le bois, des clameurs sauvages nous font sursauter. Chaque année, on se fait avoir. Les ados se cachent là pour nous surprendre et nous faire peur. Mais cette année, notre sorcière s'en mêle. Elle bondit en retenant son chapeau.

— Ah! J'entends des voix par ici, raille-t-elle sur un ton caverneux. Peut-être vais-je trouver là de quoi préparer mon prochain bouillon de cervelle et d'œil mariné... Tiens! Mon bruyant garde-manger s'enfuit, quel dommage!

Et ma Mémé nous rejoint en riant sous cape. Elle s'amuse follement et serre la main de son amoureux dès que l'occasion se présente...

Enfin, nous arrivons au centre du village où le maire a transformé l'ancienne gare en maison hantée.

Ma Mémé s'est arrangée avec les parents de mes amis et elle a tous nos billets dans son panier. Nous déposons nos trésors dans les mains du mendiant, et puis nous montons dans les petits chariots qui roulent sur un circuit mystérieux au milieu de sons bizarres et de toiles d'araignées. Brrr… C'est à vous donner la chair de poule.

Des morts-vivants surgissent et nous touchent de leurs doigts glacés! Et aussi des espèces de chauves-souris gluantes qui ont l'air de nous tomber dessus et qui remontent juste au dernier moment. Moi, je pousse un cri chaque fois. Et le pirate, assis à mes côtés, en est rouge de plaisir. Il rit comme un fou, essayant d'attraper tout ce qui bouge. Dans le chariot derrière nous, la sorcière roucoule des mots tendres à l'oreille de son beau mendiant. Je suis sûre qu'elle ne lui parle pas de cervelle grillée ou d'œil juteux à la bave de coquerelle...

On arrive alors dans une sorte de grande salle où tous les chariots s'arrêtent en rond. Au milieu du cercle, parmi les toiles d'araignées, les squelettes et les crânes, une autre sorcière apparaît. Elle a un gros nez vert et de la salive verte au coin de la bouche. Beurk! Elle est super laide. En plus, elle mouline furieusement son balai dans les airs, comme si elle chassait les mouches. Près d'elle, un énorme chaudron noir est posé sur un feu. La mixture doit bouillir, parce qu'on entend un gros son de glou-glou et ça fume, là-dedans. La sorcière jette des os et des crânes dans le chaudron. Je commence à avoir mal au cœur.

Soudain, elle aperçoit ma Mémé-sorcière. Du coup, la sorcière au nez vert cesse de tourner sa soupe infecte. Elle se jette en avant avec son balai, comme si elle voulait rosser l'autre sorcière.

— Oh, oh…, dit ma Mémé à voix basse, préparons-nous à l'assaut.

— Que faites-vous ici, importune ! crache la sorcière verte avec des yeux rageurs. Il n'y a qu'une seule sorcière acceptée ici ! Et c'est MOI !

— Je vous souhaite le bonsoir, Madame ma consœur ! réplique calmement ma Mémé.

— Sortez de votre chariot et venez vous battre ! crie l'autre, en faisant tournoyer son balai de plus belle.

— Je ne désire pas me battre, ma chère, répond ma Mémé-sorcière en ouvrant son panier.

Mais peut-être un onguent pourrait-il vous aider à combattre vos maux pendant l'hiver ?

— Je me fiche de vos onguents ! Je ne suis pas ici pour faire de l'herboristerie, mais pour rôtir les malvenus et transformer les autres en reptiles. Alors, faut-il que j'aille vous chercher ?

— Laissez-laaaaa ! hurle le Pirate des Mers en se ruant hors du chariot, crochet brandi.

Avant que la situation ne dégénère, ma Mémé saute gracieusement sur le sol et prend sa position de karatéka. La sorcière verte se déchaîne, elle ricane et menace ma Mémé de son bâton. C'est mal connaître son adversaire. Notre sorcière noire pousse un terrifiant « Wassaaaa ! » et le bâton ennemi s'envole à l'autre bout de la pièce. Désarmée, la vilaine

sorcière verte se tourne vers ma Mémé. Elle semble désemparée.

— Euh… je prendrais volontiers un onguent, finalement, dit-elle d'une petite voix de chauve-souris.

Ma Mémé-sorcière éclate de son rire unique et plein de clochettes. Joé bondit vers le chariot et lui apporte son panier. Ma Mémé le tend à sa nouvelle copine. C'est alors que nous apercevons, étonnés, le clin d'œil que la sorcière verte adresse à ma Mémé… Tiens, tiens, tiens…

Abasourdi, Joé remonte dans son chariot, ma Mémé dans le sien, et nous voilà repartis vers la sortie.

Le chemin du retour jusqu'à la maison se passe dans des jacasseries de pies. On dirait que nous n'avons pas parlé depuis cent ans ! Tout le monde pose des questions en même temps, tout le monde veut savoir si les deux sorcières se connaissaient, comment ma Mémé a fait pour désarmer l'autre si vite et sans lui faire le moindre mal, etc. Ma grand-mère demeure obstiné-ment silencieuse, un beau sourire aux lèvres. Le mendiant rayonne et n'a plus du tout l'air d'un mendiant.

7

DE RETOUR
AU CHAUD

En arrivant chez nous, les amis sont invités à prendre un chocolat chaud que ma maman a préparé. Il nous attend au salon, sur la table basse. Il est fumant, avec des guimauves dedans, ça se voit que c'est l'Halloween! Maman n'aime pas trop que je mange des guimauves, d'habitude. Elle a aussi allumé un bon feu dans la cheminée. Le bonheur! On s'assied et pendant que Mathieu fait le partage équitable des bonbons, aidé par Joanie et Monsieur Robi, nous savourons notre chocolat chaud. Je demande:

— Mémé, tu pourras me prendre en photo dans mon costume de princesse, après? Je voudrais écrire une lettre à Papa. Je le féliciterai pour ma petite sœur et je lui enverrai la photo. Comme ça, ma peur sera vraiment guérie!

— Elle l'est, mon lapoussic! Que tu aies cette idée nous prouve qu'elle l'est a-bso-lu-ment! Youhou!

— Youhou! renchérissent tous mes amis.

J'éclate de rire. Et soudain, une autre question me passe par la tête :

— Et toi, Mémé, quelle était ta plus grande peur, quand on a fait la ronde ?

— Voyons Lili, sursaute Joé, tu étais dans la lune pendant la ronde des peurs ? Ta Mémé est passée juste après toi ! Elle a dit : « Je me libère de ma peur d'être trop vieille pour aimer et être aimée. »

— Oh... Je n'avais même pas entendu, Mémé. Tu es la plus jeune et la plus géniale de toutes les mémés du monde ! Comment peux-tu avoir peur de ça ?

— Ah, mon lapoussic, souvent les peurs ne sont pas logiques ! Elles restent là, cachées, et elles nous embarrassent, jusqu'à ce qu'on les regarde en face. C'est ce dont j'avais peur. Maintenant

qu'elle s'est transformée en lumière, ça me paraît aussi fou qu'à
toi ! Et je suis bien accompagnée…

Elle se tourne vers Monsieur
Robi qui vient l'envelopper dans
ses bras.

— Et vous, cher ami, interroge
ma grand-mère, quelle est votre
plus grande peur ?

— Je l'ai jetée dans le feu juste
après vous tous, avoue notre
voisin. En fait, j'avais peur de ne
pas être assez valeureux pour
mériter l'amour d'une femme aussi
exceptionnelle !

Ma Mémé sourit avec sa fossette dans sa joue et Monsieur
Robi plonge son nez dans ses
cheveux. Je le comprends. Ma
Mémé, elle sent si bon… normalement !

— Oh ! s'écrie-t-il aussitôt en
reculant d'un pas, Madame la

Sorcière, vous devriez songer à aller prendre un long bain!

Ma Mémé-sorcière éclate de rire. C'est vrai que son parfum d'œuf pourri est très persistant… Joé, Mathieu et Simon se roulent de rire sur le tapis et Joanie pouffe dans sa main. Julie et moi, on se regarde en secouant la tête, l'air de dire: «Bon, ça y est, le chocolat leur monte au cerveau!»

Maman entre alors dans le salon et nous accueille, les yeux étincelants de joie. Elle est belle! Waou, comme elle est belle… Elle s'est déguisée en reine des fées, avec un diadème dans les cheveux, une grande robe et plein de brillants partout. Mon pirate me pousse du coude:

— Hé, Lili, reviens sur terre. Sinon, tu vas gober une mouche! Hi! Hi! Hi!

Mais je me fiche des mouches. Je regarde ma maman et c'est la plus belle de toute la terre.

TABLE DES MATIÈRES

1. Des pirates au cours
   de yoga 9

2. Des cauchemars pleins
   de griffes 19

3. La ronde des peurs 27

4. Des peurs dans les
   citrouilles 47

5. Bonbons, lanternes
   et cris de mort! 53

6. Sorcière contre sorcière 65

7. De retour au chaud 77

C. Claire Mallet

Bonjour, je suis l'auteure du livre que tu viens de lire. C'est le troisième roman de la série « Ma Mémé ». J'espère qu'il t'a fait du bien au cœur ! Pendant que je le préparais pour toi, je réfléchissais à mes peurs… J'en ai trouvé plein pour faire ma liste. J'aimerais bien connaître les tiennes. N'hésite pas à m'écrire. Tu trouveras mon adresse sur mon site, ou envoie ta lettre à Ma Mémé, elle me la donnera.

J'ai commencé à écrire des histoires quand j'étais à l'école primaire. Tu vois, je continue toujours. Je viens de la France et j'ai un petit accent quand je parle. Je vis au Québec depuis 1995. Toi, tu n'étais pas encore sur la Terre !

Si tu veux écrire un petit mot à la Mémé pour lui parler du livre, de toi, ou lui raconter tes peurs, voici son adresse :

lecourrierdemameme@gmail.com

Cette super Mémé répond à tous ses courriels…

Tu peux aussi visiter mon site Web à :

http://sites.google.com/site/clairemallet2/home

Je te souhaite plein d'autres belles lectures !

C. Claire Mallet

Collection Sésame

1. **L'idée de Saugrenue**
   Carmen Marois

2. **La chasse aux bigorneaux**
   Philippe Tisseyre

3. **Mes parents sont
   des monstres**
   Susanne Julien,
   palmarès de la Livromagie
   1998-1999

4. **Le cœur en compote**
   Gaétan Chagnon

5. **Les trois petits sagouins**
   Angèle Delaunois

6. **Le Pays des noms
   à coucher dehors**
   Francine Allard

7. **Grand-père est un ogre**
   Susanne Julien

8. **Voulez-vous m'épouser,
   mademoiselle Lemay?**
   Yanik Comeau

9. **Dans les filets de Cupidon**
   Marie-Andrée Boucher
   Mativat

10. **Le grand sauvetage**
    Claire Daignault

11. **La bulle baladeuse**
    Henriette Major

12. **Kaskabulles de Noël**
    Louise-Michelle Sauriol

13. **Opération Papillon**
    Jean-Pierre Guillet

14. **Le sourire de La Joconde**
    Marie-Andrée Boucher
    Mativat

15. **Une Charlotte en papillote**
    Hélène Grégoire, prix
    Cécile Gagnon 1999 et
    sélection Communication-
    Jeunesse

16. **Junior Poucet**
    Angèle Delaunois, sélection
    Communication-Jeunesse

17. **Où sont mes parents?**
    Alain M. Bergeron,
    sélection Communication-
    Jeunesse

18. **Pince-Nez, le crabe
    en conserve**
    François Barcelo

19. **Adieu, mamie!**
    Raymonde Lamothe,
    sélection Communication-
    Jeunesse

20. **Grand-mère est
    une sorcière**
    Susanne Julien, sélection
    Communication-Jeunesse

21. **Un cadeau empoisonné**
    Marie-Andrée Boucher
    Mativat, sélection
    Communication-Jeunesse

22. **Le monstre du
    lac Champlain**
    Jean-Pierre Guillet,
    sélection Communication-
    Jeunesse

23. **Tibère et Trouscaillon**
Laurent Chabin, sélection
Communication-Jeunesse

24. **Une araignée au plafond**
Louise-Michelle Sauriol

25. **Coco**
Alain M. Bergeron,
sélection Communication-
Jeunesse

26. **Rocket Junior**
Pierre Roy

27. **Qui a volé les œufs?**
Paul-Claude Delisle

28. **Vélofile et petites sirènes**
Nilma Saint-Gelais

29. **Le mystère des nuits
blanches**
Andrée-Anne Gratton

30. **Le magicien ensorcelé**
Christine Bonenfant

31. **Terreur, le Cheval
merveilleux**
Martine Quentric-Séguy,
sélection Communication-
Jeunesse

32. **Chanel et Pacifique**
Dominique Giroux,
sélection Communication-
Jeunesse

33. **Mon oncle Dictionnaire**
Jean Béland

34. **Le fantôme du lac Vert**
Martine Valade

35. **Niouk, le petit loup**
Angèle Delaunois, sélection
Communication-Jeunesse

36. **Les visiteurs des ténèbres**
Jean-Pierre Guillet,
sélection Communication-
Jeunesse

37. **Simon et Violette**
Andrée-Anne Gratton,
sélection Communication-
Jeunesse

38. **Sonate pour un violon**
Diane Groulx

39. **L'affaire Dafi**
Carole Muloin, sélection
Communication-Jeunesse

40. **La soupe aux vers de terre**
Josée Corriveau, sélection
Communication-Jeunesse

41. **Mes cousins sont des lutins**
Susanne Julien, sélection
Communication-Jeunesse

42. **Espèce de Coco**
Alain M. Bergeron,
sélection Communication-
Jeunesse

43. **La fille du roi Janvier**
Cécile Gagnon, sélection
Communication-Jeunesse

44. **Petits bonheurs**
Alain Raimbault

45. **Le voyage en Afrique
de Chafouin**
Carl Dubé

46. **D'où viennent les livres?**
Raymonde Painchaud,
sélection Communication-
Jeunesse

47. **Mon père est un vampire**
Susanne Julien

48. **Le chat de Windigo**
Marie-Andrée Boucher
Mativat, sélection
Communication-Jeunesse

49. **Jérémie et le vent
du large**
Louise-Michelle Sauriol

50. **Le chat qui mangeait
des ombres**
Christine Bonenfant

51. **Le secret de Simon**
Andrée-Anne Gratton,
sélection Communication-
Jeunesse

52. **Super Coco**
Alain M. Bergeron

53. **L'île aux loups**
Alain Raimbault, sélection
Communication-Jeunesse

54. **La foire aux bêtises**
Marie-Élaine Mineau

55. **Yasmina et le petit coq**
Sylviane Dauchelle,
sélection Communication-
Jeunesse

56. **Villeneuve contre Villeneuve**
Pierre Roy

57. **Arrête deux minutes!**
Geneviève Piché, sélection
Communication-Jeunesse

58. **Pas le hockey! Le hoquet. OK?**
Raymonde Painchaud,
sélection Communication-
Jeunesse

59. **Chafouin sur l'île aux Brumes**
Carl Dubé

60. **Un espion dans la maison**
Andrée-Anne Gratton

61. **Coco et le docteur Flaminco**
Alain M. Bergeron,
sélection Communication-
Jeunesse

62. **Le gâteau gobe-chagrin**
Maryse Dubuc, sélection
Communication-Jeunesse

63. **Simon, l'as du ballon**
Andrée-Anne Gratton

64. **Lettres de décembre 1944**
Alain M. Bergeron,
sélection Communication-
Jeunesse

65. **Ma tante est une fée**
Susanne Julien

66. **Un jour merveilleux**
Alain Raimbault

67. **L'enfant des glaces**
Yves Ouellet

68. **Les saisons d'Émilie**
Diane Bergeron

69. **Les chaussettes de Julien**
Chantal Blanchette

70. **Le séducteur**
Hélène Cossette

71. **Les gros rots de Vincent**
Diane Bergeron

72. **Quel cirque, mon Coco!**
Alain M. Bergeron

73. **J comme toujours**
Raymonde Painchaud

74. **Vol de gomme, vive la science!**
Raymonde Painchaud,
sélection Communication-
Jeunesse

75. **Un été dans les galaxies**
Louise-Michelle Sauriol,
sélection Communication-
Jeunesse

76. **La deuxième vie d'Alligato**
Maryse Dubuc, sélection
Communication-Jeunesse

77. **Des crabes dans ma cour**
Andrée-Anne Gratton,
sélection Communication-
Jeunesse

78. **L'envahisseur**
Diane Groulx

79. **Une sortie d'enfer!**
Marie-Andrée Boucher
Mativat

80. **La télévision?**
Pas question!
Sylviane Thibault, sélection
Communication-Jeunesse

81. **Le sobriquet**
Louise Daveluy

82. **Quelle vie de chat!**
Claudine Paquet

83. **Le père Noël perd le nord**
Marie-Andrée Boucher
Mativat

84. **Le coco d'Amérique**
Alain M. Bergeron

85. **La saga de Crin-Bleu**
André Jacob

86. **Coups de cœur**
au pôle Nord
Marie-Andrée Boucher
Mativat

87. **La grande peur de Simon**
Andrée-Anne Gratton,
sélection Communication-
Jeunesse

88. **Un Pirloui, des pirlouettes**
Raymonde Painchaud,
sélection Communication-
Jeunesse

89. **Pierrot et l'été**
des salamandres
Lyne Vanier

90. **Les esprits de la forêt**
Isabelle Larouche

91. **Chaud, chaud,**
le pôle Nord
Marie-Andrée Boucher
Mativat

92. **Mon chien est invisible**
Susanne Julien, sélection
Communication-Jeunesse

93. **Photomaton**
Gaétan Chagnon

94. **Chanel et**
ses moussaillons
Dominique Giroux,
sélection Communication-
Jeunesse

95. **Le voyage secret**
Louise-Michelle Sauriol

96. **Ça va être ta fête**
Geneviève Piché

97. **Rumeurs au pôle Nord**
Marie-Andrée Boucher
Mativat, sélection
Communication-Jeunesse

98. **Pas de betteraves**
pour les vaches
Raymonde Painchaud

99. **Mission chocolat**
pour Simon
Andrée-Anne Gratton,
sélection Communication-
Jeunesse

100. **Coco Pan**
Alain M. Bergeron,
sélection Communication-
Jeunesse

101. **Arnaud et le monstre**
Ventrou
Isabel Brochu

102. **Coco et le vampire**
du camp Carmel
Alain M. Bergeron

103. **Le petit cheval**
rouge et blanc
Raymonde Painchaud,
sélection Communication-
Jeunesse

104. **La réglisse rouge**
de grand-maman
Lyne Vanier, sélection
Communication-Jeunesse

105. **Trésor à babord**
Raymonde Painchaud

106. **Du sapin à la moutarde**
Pierre Roy

107. **Simon et Zizou**
Andrée-Anne Gratton

108. **Simone la Démone
des Sept Mers**
Sophie Rondeau,
sélection Communication-
Jeunesse

109. **Un héron, deux tortues,
trois amis**
Renée Charbonneau

110. **Les îles mystérieuses**
Louise-Michelle Sauriol

111. **Ma Mémé fait
des miracles**
C. Claire Mallet

112. **Alexis et le Bobuzard**
Judith Trudel

113. **Quelle vie de chat!
Des vacances forcées**
Claudine Paquet

114. **Ma Mémé grimpe
aux arbres**
C. Claire Mallet

115. **Le chevalier
de Trois-Castors**
Louise-Michelle Sauriol

116. **Victor, le lutin du jardin**
Marie-Andrée Boucher

117. **Simon est amoureux**
Andrée-Anne Gratton

118. **Simone la Démone
cherche cœur de pirate**
Sophie Rondeau

119. **On ne taquine pas
le géant!**
Yan Turgeon

120. **Star-à-tout-prix**
Marie-Josée Soucy

121. **Ma Mémé passe
l'Halloween**
C. Claire Mallet

122. **Temps mort**
Johannie Demers

123. **Jérôme et l'effet
boomerang**
Claire Daignault

124. **À venir**

125. **Les As dans la tempête**
Louise-Michelle Sauriol

126. **Mon oncle est un dragon**
Susanne Julien